El bizcocho con la abuela

Abuela y nieta van a pasar la mañana juntas.

Al principio no saben qué hacer, aunque a la nieta se le ocurre cocinar un bizcocho. Dos generaciones de distintas épocas para hacer un rico bizcocho, ¿qué ingredientes utilizarán? Un bonito momento de disfrute para una abuela y su nieta, donde lo más importante es compartir su tiempo.

Valores Implícitos

A través de este cuento descubriremos que compartir el tiempo con nuestros seres queridos tiene un valor maravilloso, pues nos proporciona experiencia y gratos recuerdos que pervivirán en nuestra memoria.

LA CASITA ESDRÚJULA

El bizcocho con la abuela

Avda. San Francisco Javier, 9, 6ª, 23
Edificio Sevilla 2
41018 - SEVILLA
Tlfn: 912.665.684
info@babidibulibros.com
www.babidibulibros.com

Impreso en España
Primera edición: marzo, 2024

ISBN: 978-84-19859-30-3
Depósito Legal: SE 416-2024

El bizcocho con la abuela

ESTHER gc

ILUSTRACIONES DE BELÉN GARRIDO

BABIDI-BU

—Abuela, abuelita, ¿qué podemos hacer esta mañanita?

—¡Ay, chiquitina!, ¿qué podemos hacer?... ¿Una empanadilla o jugamos a tomar el té?

1
EL MEJOR
BIZCOCHO

—Abuela, carita linda, vamos a cocinar
un bizcocho esponjoso para merendar.

20
BIZCOCHO DE LA ABUELA
-HARINA
-HUEVOS
-LECHE
-QUESO
-MANZANA
-PERA
-PANELA
-ZUMO DE NARANJA
-ZANAHORIA
-ACEITE
-CACAO
-MANTEQUILLA
-LEVADURA

—¡Qué gran idea! ¡Empecemos ya! Nos lavamos las manos y nos ponemos el delantal.

BIZCOCHO DE LA ABUELA
–HARINA
–HUEVOS
–LECHE
–QUESO
–MANZANA
–PERA
–PANELA
–ZUMO DE NARANJA
–ZANAHORIA
–ACEITE
–CACAO
–MANTEQUILLA
–LEVADURA
AZÚCAR

—Ingredientes cogemos, para un bizcocho especial, hecho con mucho amor y originalidad.

LECHE ENTERA
SIN LACTOSA
NATA PARA COCINAR
MEJILLONES
CALDO PUCHERO
SALSA CASERA
ACEITUNAS RELLENAS

—¡Ay, nieta linda!, la que vamos a liar, con tanto experimento y creatividad.

—Gran mamá de casa, lo que surja será. A ver qué hay en la nevera para utilizar.

—Harina, huevo y leche, es
algo esencial, le pondremos
queso para potenciar.

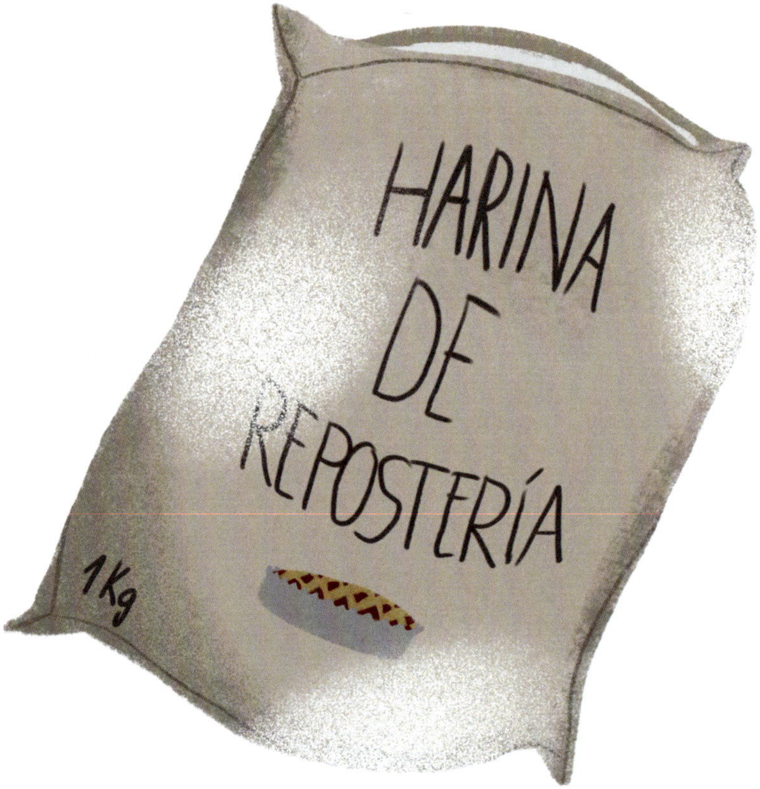

—¡Queso!... La que
se va a liar, con esta
cabecita y mucho más.

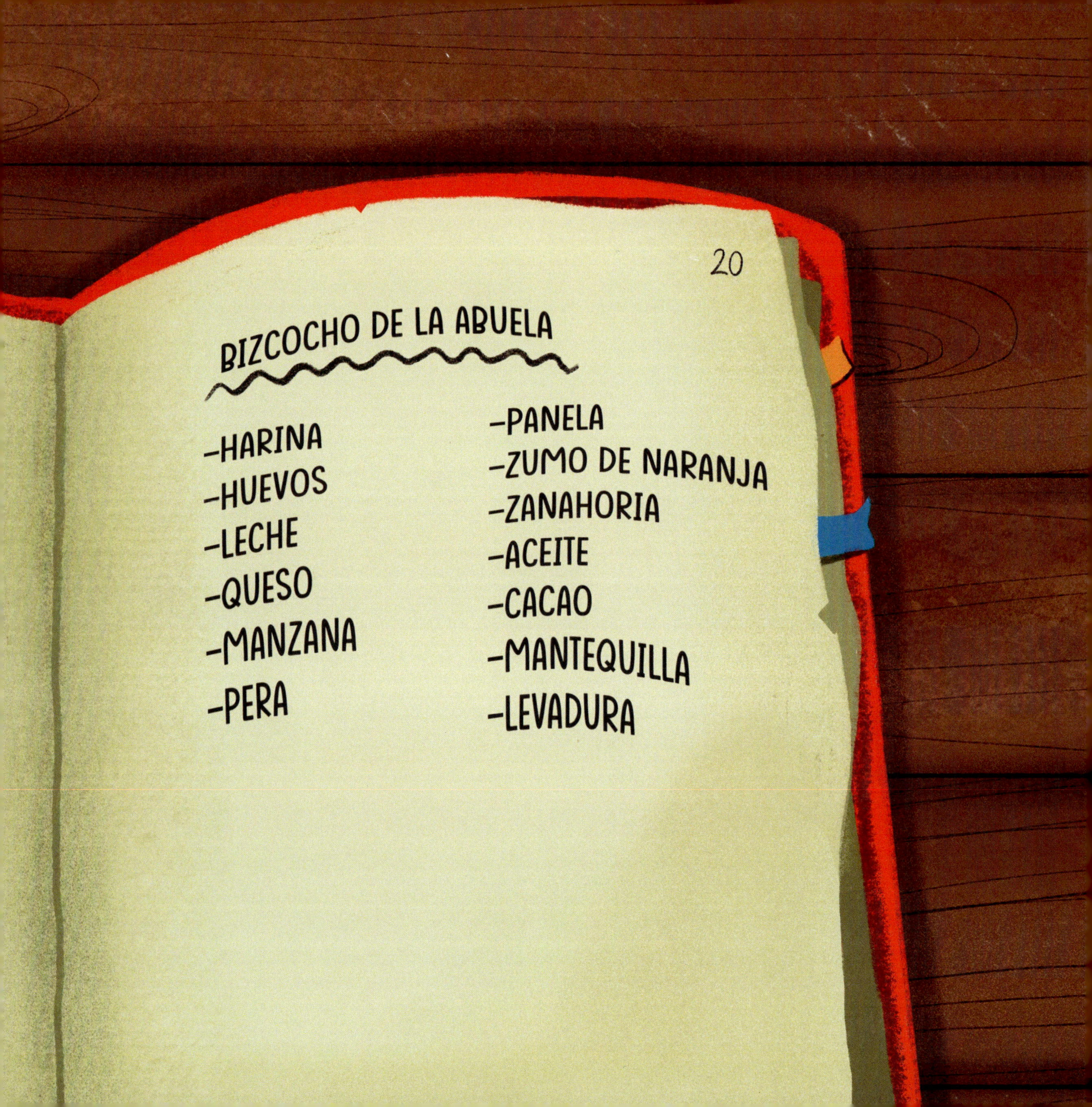
20
BIZCOCHO DE LA ABUELA
-HARINA
-HUEVOS
-LECHE
-QUESO
-MANZANA
-PERA
-PANELA
-ZUMO DE NARANJA
-ZANAHORIA
-ACEITE
-CACAO
-MANTEQUILLA
-LEVADURA

—Pondremos manzana
y pera, con un poco de
canela. Recordemos
echar un vaso de panela.

—Zumo de naranja, esponjoso
lo dejará. Rallaremos zanahoria,
y algo crujiente va a quedar.

—Aceite y cacao, esto
termina. Untemos el bol con
un poco de mantequilla.

—¡La levadura, abuela, que se nos olvida! El bizcocho quedaría como una tortilla.

—45 minutos después, el bizcocho está listo. Vamos a abrir el horno y le daremos un mordisco.

—¡Espera, cariñito! Va a reposar. Preparemos la mesa , así se enfriará.

90°
250°
130°
180°

—Mmm... ¡Qué rico, nieta!
Delicioso está. El próximo día
me animo a experimentar.

—Sí, abuelita bonita, el bizcocho rico está. Me gusta mucho, aunque ya no quiero más.

—Ay, nietita linda,
cuánta energía me das.
Disfrutaremos cocinando
o viéndonos un día más.